Achat de Marie Joalyne pour le gr. 53/62

La
Tue-Mouche

les romans bleus

une collection dirigée par Corinne Albaut

dans la même collection

Claire obscure, de Françoise Grard
Chicago blues, de Corinne Albaut
Ce qui compte dans le premier baiser, de Thierry Lefèvre
Sorbet soleil, de Claire Mazard
Les silences d'Honorine, d'Emmanuelle Petit
New York au cœur, de Jacques Delval
Rouge Paprika, de Françoise Grard

Du même auteur

Aux éditions de L'École des Loisirs
Pas si bêtes les animaux
Petits haïkus des saisons
Les couleurs de mon enfance
Aux éditions Albin Michel
Dix dodus dindons
Chats-mots
Drôles de poèmes
Aux éditions Actes Sud
Comptines à croquer à belles dents
Aux éditions Milan
Mille ans de poésie
Premiers poèmes pour toute ma vie

Illustration de couverture : Yves Besnier

ISBN 10 : 2-909421-65-1
ISBN 13 : 978-2-909421-65-0
Loi 49-956 du 16 juillet 1949
sur les publications destinées à la jeunesse

les romans bleus

Jean-Hugues Malineau

La Tue-Mouche

GULF STREAM ÉDITEUR

1

La *carnassière*

Cela fait bien
trois longues minutes
maintenant
que l'hermine a disparu
derrière ce buisson
de bruyères.

Je suis absolument certain qu'elle est là, qu'elle attend. Au moment où j'allais me décourager, où j'allais esquisser un premier pas prudent pour le seul plaisir de l'observer à nouveau, de la forcer à se découvrir, son museau pointe de l'autre côté de la touffe, là où je ne l'attendais pas. Je la suppose sur ses pattes arrière, mais c'est une fraction de seconde et déjà la tête triangulaire replonge dans les buissons. Elle a vérifié que j'étais là, toujours là ! Elle est rousse dans son pelage d'été, il y a un côté à la fois reptile et rieur dans ses yeux noirs.
Durant quelques secondes, protégée par ce rideau de branches rases, je la verrai cinq fois, dix fois, dresser ici ou là sa tête d'épingle comme une mante religieuse. J'ai fait trois pas prudents en sa direction en écoutant mon cœur et la voici qui volte à découvert sur la droite, comme si je n'existais plus.
En moins de deux pas de ma part, elle a parcouru une bonne dizaine de mètres, presque sans toucher terre, sans précaution, et elle enfonce ses dents dans la chair d'un mulot paralysé, hypnotisé.

Je l'ai approchée dans le même temps, mais son crime commis, elle se retourne, étonnée, dans ma direction, abandonne sa proie, bondit et rebondit à nouveau derrière les bruyères.
Je vois distinctement le mulot tressauter sans pouvoir fuir, blessé à mort.

Entre le désir de reprendre sa proie et la frayeur de ma présence, c'est tout un ballet que la carnassière effectue. La voilà qui danse la convoitise et le danger, deux entrechats, je me montre, je me dérobe. Le mulot saigne mais survit.
Dernière apparition, je l'aperçois dressée, cruelle, ironique, comme un chat doué d'un corps d'anguille. Soudain, son corps a plongé et rebondi trois fois comme un serpentin roux, elle a enfoncé ses canines dans le corps du rongeur.

À une bonne vingtaine de mètres de moi, elle s'est retournée victorieuse, triomphale, proie dans la gueule. Je ne l'ai plus revue.

2

Dans mon *royaume*

Je m'apprêtai
à redescendre
quand le vieux
se mit à siffler.

Je ne le savais pas si proche. Je me doutais qu'il avait fait la combe puis le col de Say et je m'étais dirigé sur le replat afin d'arriver dans la grande clairière avant lui, là où je savais trouver des bolets tête-de-nègre.
Le vieux qui sifflait, je ne l'avais jamais vu qu'à travers les branches basses des sapins. Je ne connaissais de lui que sa démarche lente, un pan de veste, un coin de pantalon sale et gris.
À son approche, je me tapissais derrière un tronc pour le laisser passer ou dégringolais une pente pour le prendre de vitesse. Je remontais ensuite haletant, en oblique, afin de visiter avant lui les coins à chanterelles et à cèpes les plus sûrs, ceux qui ne décevaient pas et qu'il connaissait aussi.
Le sifflement du vieux dans la montagne, c'était quelque chose d'indéfinissable, trois ou quatre notes sans cesse recommencées, modulées, comme un blues triste et inquiet qui n'en finirait jamais de pleurer et de marcher, de chercher et de se plaindre. Et c'était aussi un code, c'était avouer sa présence, me signaler son parcours. Le sifflement m'indiquait la direction qu'il suivait, puis s'interrompait pour reprendre au moment où je m'y attendais le moins comme pour dire : « Inutile, j'ai déjà fait par là. »

Immobile en écoutant le vieux qui s'éloignait, je jetai un dernier coup d'œil à cet immense cirque sauvage découpé par des crêtes à 2 000 mètres d'altitude,

tantôt escarpées et dangereuses un peu avant les Ombrieux, tantôt plus douces vers 1 800 mètres, là où les vaches d'alpage s'aventuraient librement.
C'était une gigantesque vallée vierge où les passages de la foudre en été et les avalanches fréquentes en hiver avaient rendu impossible la construction des chalets pour touristes ou l'aménagement d'un remonte-pente pour les skieurs.
C'était mon domaine, mon royaume immense, sauvage et désert dont je faisais le tour en le surplombant en une journée entière.
De tous les névés des crêtes dégringolaient de minces torrents qui se rassemblaient, comme de manière concertée, cinq cents mètres plus bas et il avait poussé là voici un siècle, deux chalets de bois noirs, comme deux amanites panthère attirées par l'humidité, deux champignons vénéneux bien petits vus du haut.
Quelques centaines de mètres plus loin je savais trouver le chalet Corraz, caché derrière une butte, avec les deux granges à foin montées sur pilotis et l'étable dans laquelle je n'avais jamais pénétré, protégée qu'elle était par une dizaine de pas de bouse liquide et semblait-il assez épaisse ; les vaches qui en sortaient s'enfonçaient jusqu'aux chevilles.
Le regard plongeait enfin deux à trois cents mètres encore plus bas pour distinguer les trois chalets en cercle de la Reculaz, ceux qui ouvraient l'entrée du cirque. Après eux, on changeait soudainement de

versant ; sans le voir d'abord, on devinait le village et l'on entendait à nouveau les heures sonner au clocher de l'église.
Parmi les sentiers possibles, je préférais à vrai dire redescendre par celui de Reculaz. Le chemin y était plus longtemps ombragé, sauvage, les pentes moins escarpées. Je terminai alors ma cueillette tout près du col de Reculaz, là où nichait la famille d'aigles, puis je piquai vers les chalets où je retrouvai un chemin pour gagner le village. Je passai entre les trois chalets cloutés de bardeaux qui formaient comme un arc de cercle dans l'odeur forte et rance des bêtes, des fromages et du purin.
Alors que je me rapprochais des chalets, je vis la grappe d'enfants qui m'y attendaient. Ils avaient placé un billot de bois au milieu du chemin et les deux plus âgés, armés d'une hache, le cognaient et l'entaillaient sans raison avec rage, entourés par une marmaille de trois ou quatre plus jeunes.
Du plus loin qu'ils me virent, ils se mirent à grogner avec des rires d'idiots, simulant une attaque. Plus j'approchais, plus le silence pourtant s'établissait ; les jurons, les invectives cessèrent tout à fait à moins de trente pas.
Il me fallait choisir. Je pouvais contourner les chalets, éviter leurs regards de glaciers morts en enfonçant mes bottes dans la boue et le purin sur une cinquantaine de mètres. Sinon, il me fallait franchir sous leurs

yeux la barrière de bois placée là pour les vaches, passer le plus simplement possible au milieu d'eux, pour gagner le chemin qui redescendait vers le village.
Mes pas m'y avaient mené tout seul, il était déjà presque trop tard pour bifurquer, et j'avais honte à l'idée de me dérober. Patauger dans le purin, et ce serait à coup sûr les quolibets et les menaces qui reprendraient derrière moi.
J'enjambai donc la barrière, incapable du moindre bonjour, dans un silence de neige éternelle. Puis je passai résolument au milieu d'eux, immobiles, les bras ballants, figés à quelques centimètres des haches plantées dans le billot. Un siècle durant, je fus cerné par une demi-douzaine de paires d'yeux clairs et fous, perdus de solitude. Pas un n'avait bronché, leurs regards déjà dans mon dos.

Le plus difficile était fait, il me suffirait de vingt nouveaux pas, les plus naturels possibles, pour retrouver dans dix mètres l'entrée du chemin. Je soulevai la seconde barrière après laquelle ils n'oseraient plus un geste, plus un mot.
À demi cachée dans l'ombre de l'étable du troisième bâtiment se tenait, souriante et inquiétante, la Tue-Mouche qui observait.
Son apparition soudaine, tandis que je me savais déjà sauvé, me fit sursauter. Mon cœur cognait à toutes forces dans ma poitrine.

J'ai soulevé le rondin de bois supérieur, j'ai enjambé celui du dessous, j'ai replacé l'extrémité du bois sur son tasseau, j'ai contourné les quelques bouses de vache fraîches couvertes de taons à l'entrée du chemin. Je me demande comment j'ai fait pour ne pas courir. Il ne fallait pas.

3

Nuits *d'orage*

Cela fait deux bonnes années maintenant qu'existe réellement la Tue-Mouche dans mes songes.

Les soirs d'orage, les premiers coups du tonnerre proche me réveillent en sursaut et je m'aperçois que je rêve d'elle.
Son visage brun, son visage flou, ses yeux noirs, ses yeux d'éclairs, ses yeux de refus, ses yeux de colère, sa moue d'orage, sa moue d'intouchable, d'inaccessible qui s'efface soudainement, si proche, si vulnérable, ce corps ferme et jeune et femme, j'allais dire fauve, m'obsède.
Quand le vent commence, le chalet craque ; j'ai beau savoir le chalet construit à quelques pas du passage connu des vieux de la foudre, je l'imagine frappé par l'éclair, le foin du grenier ronronnant déjà comme une torche éphémère.
Les oreilles aux aguets, il m'est arrivé, en grande peur, de prier une madone comme celle de l'église, une madone aux joues peintes d'un rose presque rouge, celle de la chapelle du col de Planaz. Ses yeux noirs tour à tour fiers et traqués sont ceux de la Tue-Mouche.
J'ai peur d'appeler ces signes et je convoite leur présence équivoque, la fierté tendre et complice du feu, et parfois j'ai honte.
J'ai honte d'appeler l'orage mais j'aime que la foudre tombe le plus près possible, illuminant soudain les planches de sapin sombres de ma chambre et je voudrais que ça dure, que ça dure toute la nuit.
Alors je fais toujours l'amour avec la Tue-Mouche, mes draps souillés quand j'imagine qu'elle est belle et

nue entre mes bras. Je crois que ce sont mes désirs qui retiennent l'orage près d'ici, c'est comme si elle commandait ces nuits de mal, de douceur, de peur et de puissance. J'ai peur et je désire ce que je ne voudrais pas qui soit mal, je découvre mon corps d'homme.

Parfois l'orage roule qui emporte le rêve comme un baiser repoussé ; la Tue-Mouche, petite fille sur le banc de l'école, me regarde et se moque en silence de moi. On l'a mise à mon côté pour que je l'aide dans son travail d'écolière indocile, mais elle se refuse à déchiffrer le A ou le B du manuel. Désemparé, je simule de me désintéresser de son travail, de son devoir, et je poursuis le mien. Il y a de l'électricité entre nous, nous avons neuf ans et j'imagine sa main sur mon genou nu.

La Tue-Mouche a les seins qui pointent sous sa robe, elle a douze ans, je la force, déchire son habit dans un éclair ; je vois l'image du calendrier du tabac, celui d'il y a trois ans, celui qu'on allait regarder en ricanant avec Louis, le gros faneur. Sur la photo, la femme accroupie a des seins énormes, des fesses charnues ; des cheveux raides, noirs, tombent sur sa bouche entrouverte, ses yeux mi-clos.
Maintenant, les yeux de la Tue-Mouche me fusillent. Je l'ai atteinte d'une boule de neige sur la nuque, son regard noir, méprisant fige mon rire. Nous étions

pourtant cinq ou six à la poursuivre durant cette récréation d'hiver. Ses yeux qui flambent, noirs ; il n'y a plus de neige mais de la glace dans la cour de l'école.

Mon corps me brûle sous les couvertures, chaque éclair l'apaise et le ranime tout à la fois et je ne sais rien de l'amour que cette connivence de l'orage qui bat, qui frappe, qui roule de vallée en vallée des images, qui répète le corps fou de la Tue-Mouche dans une robe d'été, une robe à fleurs abîmée par l'eau qui la moule.

C'est l'eau qui claque contre les bardeaux du toit, c'est l'eau qui roule des roches que je ne puis soulever sur le flanc du chalet, débordant le lit du torrent. C'est l'eau qui finit par m'endormir, humide, dans mes draps étalés hier à même les foins, sous le soleil qui les blanchissait.

Et je m'endors trouble, demandant à la vierge de Planaz « pardon », pas plus sûr que ça d'avoir fait mal, de lui avoir fait ou non un enfant de chair rouge, un enfant aux yeux d'hermine et au teint de Tue-Mouche. Je m'endors et je raconte interminablement aux copains l'amour, je raconte des détails qui me font honte vis-à-vis d'elle, je raconte... et leur incrédulité, leur ironie m'oppressent comme ma virginité.

Ce qu'il en est au juste de l'amour et qui m'obsède, ils ne le savent peut-être pas plus que moi et je ne les

crois pas davantage que mes “exploits” imaginaires quand on vient à chuchoter, à ricaner de ces choses qu'on ne raconte pas aux parents.
Mon corps serein, le tonnerre roule trois ou quatre vallées plus loin. Oh oui ! Je crois que j'aime, comme dans les histoires que j'ai lues dans les romans en photos. Je me persuade que ma timidité est d'un autre âge. Plus que le désir lui-même c'est une résolution d'aimer, pour savoir, qui m'apaise et que je prends, pour cesser d'être ce que je crois ridicule ou naïf.

Hier, elle m'a regardé à la Reculaz, et je ne puis parvenir au sommeil qu'en recomposant cet instant mille et mille fois, jusqu'à ce qu'il soit favorable à la tendresse et à l'été.

4

Le blues *du vieux*

J'avais à peine dormi et déjà le jour apparaissait.

Il peut être entre cinq et six heures ; difficile à dire quand les nuages comme aujourd'hui recouvrent la vallée d'un halo gris-blanc. Je me lève en plongeant les deux pieds dans mes bottes froides, au bas du lit. C'est la fraîcheur de dehors qui achève de me réveiller tout à fait, beaucoup plus que le café réchauffé sur la cuisinière toujours chaude.
C'est souvent dans un demi-sommeil que je gravis les trois cents mètres de dénivellation qui conduisent aux champignons. Là, sitôt le marais traversé, les barbelés franchis, je connais chaque centimètre carré de terrain jusqu'au col. La pluie d'hier sur la terre chaude de ce début de juillet est providentielle.

Je remonte en zigzaguant les premières pentes d'herbe rase ; les trente chanterelles de taille raisonnable que j'y ramasse, les mille pousses que j'y laisse sont de bon augure. Je me dirige vers deux sapins isolés autour desquels une demi-douzaine de jeunes bolets tête-de-nègre confirment ma première cueillette. Les premiers bolets précoces se décidant à sortir, je poursuis par cette lisière qui m'oblige à redescendre de cent bons pas et je ne suis pas déçu de mon détour. Je rugis intérieurement de plaisir devant ces trois cèpes jeunes et intacts, poussés de la veille, et qui pèsent bien deux cents grammes chacun. Je pense en moi-même que « c'est une matinée à dix kilos », et je grimpe, redescends, regrimpe pas à pas, mesuré et

excité à la fois, retrouvant d'une année l'autre, au centimètre près, les touffes, les branches, les herbes, les brindilles inévitablement propices.
Ici, inutile de remonter sur la droite, mais la lisière gauche exposée à l'ouest donnait quelques chanterelles voici trois ans. Là, sous la dernière branche, j'en avais même découvert une véritable colonie. Et c'est cette même branche que je resoulève trois ans plus tard, la main et l'avant-bras trempés de toutes les gouttes d'eau accrochées aux aiguilles.
C'est à la dernière seconde que le coq de bruyère s'est envolé. Il n'aurait pas bougé si je n'avais pas soulevé la branche, si je m'étais contenté de passer juste à son côté. Dans un incroyable battement d'ailes, il a surgi comme une gifle dans ma somnolence aux aguets et je le vois déjà loin, rouge, vert et noir contre le ciel gris.
Surpris, mon cœur s'est mis à battre la chamade ; émerveillé, je m'assois sur le sol gorgé d'eau quand les premières grosses gouttes commencent à tomber. Sur mon capuchon de ciré, elles font un vacarme infernal, m'isolant de tout autre bruit. Comme en écho, les nuages blancs qui passent m'enferment par instants dans une magnifique et redoutable solitude. Tout est mouillé et isolé. Je retire mon capuchon de ciré, le visage déjà inondé, ruisselant en quelques secondes parce que j'ai cru entendre le vieux siffler. Les gouttes qui claquaient, qui chantaient, qui résonnaient contre

la toile lisse ? Non, le vieux siffle au loin et c'est un blues de triomphe, un blues qui ne m'encourage pas à poursuivre vers le haut...
Dans le vent et les nuages blancs qui, tout à coup, me prennent et me traversent, il m'est difficile d'évaluer les distances ; le sifflement lui-même, comme les nuages, s'éloigne, se rapproche, me quitte et m'étreint dans la même seconde.
Dans cet univers d'ouate, irréel, les sapins se mettent à danser, les pentes s'inversent et les repaires les plus habituels mentent à moins de dix pas.
Les bruits, les bruits eux-mêmes, ceux de l'averse calme ou terrible sur mon ciré, ceux des arbres qui s'égouttent, ne sont pas vrais, fiables. Un garenne qui détale fait un bruit de foudre et il y a des oiseaux invisibles qui chantent dans la pluie.

Sans doute surpris par cette même irréalité mouvante, plongés dans le même nuage, conduits et emportés dans le même silence peuplé, on s'est trouvés nez à nez, au détour d'un sapin, le vieux et moi.
Difficile de ne pas se saluer, mais difficile aussi d'articuler une parole, tant le face à face avait été soudain et nous avait surpris tous deux.
« Bonjour »... et c'est la seule chose qu'il me vint à l'esprit de dire, que je pus articuler, comme pour désamorcer. Le vieux grogna plus qu'il ne répondit « Bonjour », visiblement furieux de la rencontre, et

je n'osai pas même me retourner vers le nuage qui l'emportait.
Ce qu'il éprouvait, je le partageais au même instant que lui. Il avait reconnu le visage, entendu la voix de la rivalité, belle tant qu'elle n'avait pas de voix, tenace tant qu'elle n'avait pas de visage, les traits de celui-ci ne pouvaient être que tragiquement décevants.
Et moi, moi qui me cachais presque auparavant pour surprendre ce visage qui m'intriguait, qui cherchait à concilier un regard avec ce sifflement de blues triste, je me rendis compte que je n'avais rien retenu du vieux, qu'un sentiment de colère, qu'une impression sombre de fermeture délibérée.

Incapable de le décrire plus qu'avant et plus précisément qu'en un lavis gris et sale, je devinais pourtant que nous venions de rompre d'une parole – et quelle était sa voix déjà ? – quelque chose qui se résoudrait mal.

5

Le bal du *14 juillet*

L'amanite tue-mouche n'est pas mortelle, mais elle peut provoquer de bonnes indigestions accompagnées de vomissements.

En sortant de la volve, son chapeau rouge s'est poudré de flocons blancs. Son anneau franc rappelle une jupe espagnole évasée dont le mouvement du dernier volant se serait figé au cours d'une volte de flamenco.
Sa consommation est dangereuse et peut engendrer de réels vertiges même si, à la voir, l'on imagine de jolis contes de fées, par exemple celui de Blanche-Neige et des sept nains qui logeaient dans de semblables demeures.

Pourquoi avoir surnommé ainsi celle qui obsédait tous mes rêves ? Je n'en savais fichtrement rien et je ne lui connaissais pas d'autre nom. Cette pensée me préoccupait, ce matin du 13 juillet.
En descendant le soir pour la fête prévue devant la mairie du village, je fus frappé et amusé par le nombre de ces drapeaux rouges et blancs, de ces guirlandes aux couleurs de la Tue-Mouche, celles de la Savoie et de la Suisse voisine.

Comme par un fait exprès tous les jours de fête nationale, à cause de la pluie fine qui tombait ce soir, on avait dû annuler le feu d'artifice.
La foule n'était pas moins dense pour autant ; tous les habitants du village, ceux des chalets plus lointains parsemés dans les montagnes de la commune, se mêlaient aux touristes d'été.

C'était un curieux mélange de minijupes à la mode parisienne de l'époque, de redingotes et de jabots, de cols amidonnés fermés par une épingle d'or ou un bouton de nacre.
C'étaient des casquettes plastifiées de coureur cycliste opinément distribuées, étant donné les fréquentes ondées, par une marque d'apéritifs et des hauts-de-forme que les vieux ressortaient, depuis l'investissement du mariage, à chaque “grande occasion”.
Dans la même “harmonie” disparate, comme en écho, un orchestre de la région installé sur une estrade alternait, à grands renforts de baffles, d'amplis et de haut-parleurs, les bourrées, les twists et les be-bop. Et selon les premières notes, c'étaient les gens d'ici, vieux et jeunes mêlés, qui envahissaient la piste sous l'œil goguenard des vacanciers, ou les “Parisiens” qui se trémoussaient en tous sens, intriguant ceux du pays par leurs contorsions.

J'avais dansé comme les copains, Louis le faneur, Georges et André avec qui j'avais fait les classes primaires, Jean Viaraud qui était champion de ski du canton et les copines qu'on revoyait une ou deux fois l'an, dans des occasions comme celles-ci.
J'avais dansé pour participer à la joie générale, pour faire comme tout le monde, quand j'aperçus la Tue-Mouche. Elle devait juste venir d'arriver ; je l'avais vainement et intensément cherchée jusqu'ici...

Je m'arrangeai pour achever le tango tout près d'elle, je remerciai ma cavalière, une Belge au visage poupin, et me glissai vers la Tue-Mouche tandis que l'orchestre enchaînait avec une valse.
– On danse ?
– Je sais pas !
– Je t'apprendrai, il suffit de tourner...
– Non, merci, demande plutôt à ta cavalière...
– Mais ce n'est pas ma cavalière, je l'ai invitée une fois, c'est tout !
Peut-être avais-je mis trop d'intention dans mes mots pour me disculper ? J'étais à côté d'elle, le cœur battant comme dans la montagne un jour d'orage, mais rien ne me semblait vraiment difficile. J'étais à côté d'elle comme dans mes rêves, comme dans tous mes rêves. Un mouvement de foule m'avait pressé contre elle et on avait souri, sans un mot.
Un mot, il fallait que j'en trouve un rapidement, pour ne pas être bientôt ridicule ou maladroit, le premier était venu presque naturellement, sans réfléchir, et voilà une bonne minute maintenant que nous regardions en silence les couples valser.
– Tu viens d'arriver ?
– ...
– Je ne t'avais pas vue au début...
– Oui !
– Tu descends de la Reculaz ?
– Bien sûr !

– Seule ?
– Oui !
– T'as pas la trouille de venir comme ça ?
– J'ai l'habitude.
– T'as l'habitude de venir au village, le soir ?
– Non, mais j'ai l'habitude de la nuit là-haut, alors forcément, ça fait plus peur.

Comme le silence menaçait de recommencer, c'est elle qui reprit :
– Je t'ai aperçu, avant-hier, mais tu ne m'as pas vue...
– Ah bon !
Heureusement qu'il faisait noir parce que sans trop savoir pourquoi, je me suis senti devenir pourpre comme une gentiane d'août.
– Oui, t'es descendu par les chalets, j'étais dans l'étable.
– Ah bon ! ...
Puis, comme pour retourner la conversation en ma faveur, j'ajoutai :
– T'aurais pu faire signe !...
En songeant que c'était plutôt moi qui avais simulé de ne pas la voir et qu'elle avait bien dû surprendre mon hésitation, je passai du pourpre au vermillon. Je sentais mes oreilles brûlantes. La valse venait de s'achever et l'orchestre entamait une danse lente.
– Ça au moins tu sais danser ?...
Elle ne répondit pas mais elle sourit, elle acquiesça d'un battement de cils.

La Tue-Mouche

Nous dérangeâmes deux ou trois rangées de spectateurs qui nous séparaient de la piste de bois et nous pénétrâmes dans l'autre foule, celle des danseurs, beaucoup plus grosse, hétéroclite, pour ce "slow", comme disent les Parisiens, que pour toute autre danse de la soirée.

6

Dans *ses bras*

La pluie avait enfin cessé.
De gros nuages blancs
montaient de la vallée.

Je les voyais ici et là, à chaque rotation lente que nous accomplissions sur nous-mêmes, et tour à tour, la masse imposante du Grange comme un sphinx endormi, le bonnet de grenadier du mont Chauffé où pullulaient les edelweiss, les crêtes déchiquetées de la Reculaz, celles plus douces du Morclan qui se découpaient par instants d'une manière irréelle, éclairées par de lointains éclairs blancs.
J'étais contre la Tue-Mouche, sans oser la presser trop, sa main fraîche serrée contre la mienne, tiède, presque chaude. Elle portait une robe gitane à trois volants en tissu rouge tacheté de fleurettes blanches.
Le détail me faisait sourire intérieurement, j'aurais pu lui dire : « Tu as mis ton habit de Tue-Mouche ?… », mais je craignais en parlant de rompre un charme pas plus solide que les nuages blancs.

Une foule d'images et de pensées parasites se succédait, se bousculait dans ma tête. J'imaginais les commentaires sournois et interrogateurs des parents comme les grossières plaisanteries que les copains ne manqueraient pas de m'infliger dès que l'on se retrouverait en groupe. Images que je chassais dès qu'elles affleuraient malgré moi et qui m'assiégeaient, qui revenaient, inévitables, l'instant d'après tandis que je réalisais à nouveau la présence silencieuse et vivante de la Tue-Mouche, le contact tiède de sa robe rouge contre ma chemise blanche.

Bon sang, aux yeux de n'importe qui, il ne m'était pas interdit de danser, que je sache ! Mais je sentais mon émotion trouer la nuit et j'imaginais tous les regards m'épier, tous ceux de la foule qui me distrayait, me révoltait. Pour ne pas rencontrer un visage, j'avais même un instant fermé les yeux.
Nous n'avions pas prononcé une parole, la Tue-Mouche et moi. J'avais songé une seconde à ce qu'elle pouvait penser de moi, de maintenant, et j'avais chassé cette idée aussitôt, comme encore plus dangereuse…

L'orchestre, qui venait d'achever le morceau, enchaînait avec un autre semblable devant le succès du précédent. Sans qu'il soit besoin de lui redemander, je repris la Tue-Mouche dans mes bras, l'ayant abandonnée maladroitement le temps d'une mesure.
Inexplicablement, sans que je sache qui, d'elle ou de moi, l'avait esquissé, provoqué, ce n'était pas sa main mais son épaule que je tenais, mon autre main lui ceinturant les reins.
Qui d'elle ou de moi avait agi comme l'autre ? J'aurais tant voulu que ce fût moi ! Nos deux corps tout à l'heure s'effleurant étaient désormais complètement l'un avec l'autre. Contre l'humidité tiède de ma poitrine et de mon corps, de ma poitrine que j'aurais bien aimé ne pas entendre cogner si fort, c'était tout son corps chaud à elle, ses seins et son ventre que je rencontrais, bouleversé.

Nos visages ne se faisaient plus face mais nos deux joues s'étaient naturellement touchées, ses longs cheveux noirs devant mes yeux. « Comme tous les amoureux », je pensais en moi-même, comme tous les amoureux que j'avais vus au cinéma ou comme ceux que j'avais surpris, plus jeune, dans le cimetière de l'église.
Certain qu'elle ne verrait pas mon visage, j'eus le courage de lui murmurer dans l'oreille :
– À quoi tu penses ?
et elle aussitôt dans la mienne :
– Et toi ?
– À toi !
Ma réponse avait jailli instinctivement, sans réfléchir, et je n'en mesurai seulement qu'après toute l'audace, tour à tour m'en inquiétant, m'en réjouissant.

Il s'était fait à nouveau entre nous un grand silence. Les notes de l'orchestre, moins fausses me semblait-il qu'auparavant, épousaient la lenteur et la consistance des nuages qui remontaient par bancs ouatés.
La foule beaucoup moins grosse se dispersait par petits groupes rieurs, parlant fort dans la nuit.
La danse pour mon bonheur s'éternisait, j'avais l'impression que la Tue-Mouche aussi aurait aimé qu'elle ne finisse pas, qu'elle ne finisse jamais.
Quand le dernier accord de l'orchestre s'est achevé, deux ou trois secondes durant j'ai continué à danser ; médusé, je ne savais plus quel était mon corps, le

sien ; je ne savais pas qu'on pouvait n'être plus l'un contre l'autre aussi merveilleusement bien.
On s'est regardés, la Tue-Mouche et moi, étonnés, graves. Elle n'a pas voulu laisser s'installer un autre silence. Elle a sifflé plus qu'elle n'a prononcé dans un souffle :
– Il faut que je remonte.
Et moi, je n'ai pas su quoi dire, je n'ai pas su la retenir, je n'ai pas su lui proposer de la raccompagner, je n'ai pas su lui dire comme je la trouvais belle, je n'ai pas osé lui dire mon émotion, mon désespoir de la quitter, je n'ai pas osé lui dire qu'elle me faisait peur, je n'ai pas pu lui dire que je l'aimais.

J'ai murmuré un "bonsoir" d'un air tellement dépité qu'il devait être ridicule, je n'ai pas pu lui serrer un peu fortement la main et je n'ai pas osé l'embrasser, même sur sa joue d'oronge brune.

7

J'aurais *dû...*

Je n'ai jamais su !
Je n'ai jamais su
et je ne décolère pas !

Je me tourne et me retourne dans mon lit qui grince. Je revois tout : les volants de sa robe rouge qui voltent, sa silhouette qui se découpe dans la nuit, ses hanches, sa taille étroite, ses jambes, sa démarche de montagnarde vive.

Je réentends tout : sa voix claire tellement plus assurée que la mienne, celle de Louis à qui j'avais envie de flanquer un coup de poing quand il m'a dit..., je ne sais plus ce qu'il a dit Louis, mais il s'est bien moqué de moi en tout cas. Louis qui n'a certainement jamais fait l'amour lui non plus, avec son groin de porc !

Je hais tout le monde, les parents, les soi-disant copains, les soi-disant copines, j'en veux à la terre entière et plus encore à moi-même et je ne parviens pas à trouver le sommeil.

Je me reprochais tout ce que je n'avais pas osé lui dire. Je me reprochais surtout de ne l'avoir pas raccompagnée au moins jusqu'au bas du chemin de Reculaz. Là, la nuit aidant, il aurait été si facile de lui parler, de l'embrasser. Le corps envahi de désir, je recomposais mentalement la scène : nous serions montés sur la route goudronnée sans trop parler. Il y a bien un quart d'heure du village jusqu'au pied du chemin.

Je l'aurais prise par l'épaule et elle aurait naturellement passé son bras dans mes reins... Non, à cette image trop incertaine, j'en préférais une autre : je lui prenais la main.

La main de la Tue-Mouche c'était, il y a sept ou huit ans, la première année d'école primaire. Monsieur Machenaud, l'instituteur, soufflait trois fois dans son sifflet à bille et les élèves se rangeaient par deux le long de la salle de classe ; on se donnait la main, la Tue-Mouche et moi, comme les autres enfants.
La main de la Tue-Mouche, à un moment donné, à la hauteur du petit calvaire, je l'aurais serrée un peu fort sans la regarder… et j'imaginais, et c'était délicieux, qu'elle répondait à ma pression sans ralentir le pas !
Je lui aurais proposé à la croisée des chemins :
– Tu ne veux pas que je fasse un bout encore avec toi ?
– Non, merci, c'est chouette déjà de m'avoir ramenée jusqu'ici.
J'insisterais un peu, pour la forme ; il tomberait sans doute la pluie fine et fraîche de tout à l'heure. Nous nous trouverions dans l'ombre des premiers grands sapins noirs qui s'égoutteraient. Je me pencherais vers elle pour lui dire bonsoir et je l'embrasserais !
Je l'embrasserais sans un mot et je serais contre elle, comme tout à l'heure, ses lèvres, les lèvres de la Tue-Mouche sur les miennes !

Et ces images me donnaient un léger vertige, un bonheur immense, un plaisir ivre et douloureux comme au terme d'une ascension périlleuse.
J'avais dû être ridicule : elle attendait un geste, un mot, que je n'avais pas pu…

Il faudrait peut-être une autre année entière pour retrouver une occasion semblable parce qu'il était certain qu'après ce soir, je n'oserais plus passer par la Reculaz. Elle avait dû penser que j'étais totalement stupide, et cette dernière idée me faisait souffrir.
J'aurais voulu qu'il fasse un horrible orage, comme celui que j'éprouvais en moi-même, et il m'était odieux que rien ne se passe, que rien n'éclate !
Sur le point de m'habiller, de monter à la Reculaz en pleine nuit, d'aller jusqu'au chalet, décidé à…, cette pensée m'effrayait la seconde suivante et je pleurai sans larmes, de rage et d'impuissance.

Elle avait dû me prendre pour un gamin et c'est vrai que je l'avais été ; je trouvais maintenant les mots, les mille mots, tous les mots que j'aurais dû lui dire…

8

Sous
son regard

La semaine qui suivit
fut une semaine
de canicule rare.

Le ciel d'un bleu intense se couvrait tout au plus le soir, du côté de la Suisse, de quelques minuscules nuages de chaleur au-dessus des cimes aux neiges éternelles.

Les deux matinées de ce 14 et de ce 15 juillet, j'étais monté très tôt aux champignons qui donnaient déjà presque comme en début août, profitant de la chaleur soudaine sur le sol gorgé d'eau.
Évitant soigneusement de redescendre par la Reculaz, dont je repoussais avec force l'attirance aimantée, je ne pouvais m'empêcher de "rôder" autour des trois chalets, les surplombant. Et ce m'était un plaisir un peu acide au goût de russule crue que d'obliquer soudainement sur la droite, après m'être laissé envahir comme d'une drogue de la vision solitaire des trois toits noirs aux ardoises lourdes, grossièrement taillées, ponctuées de lourdes pierres.

Décidé de rompre avec cette sorte d'enchantement nauséeux, je me résolus le matin du troisième jour à me promener une journée entière sur les chemins du Linga, dans cet autre cirque situé par-delà le village, sur la ligne de crêtes qui s'élevait au-dessus de l'autre vallée, celle de Planachaux.
À l'heure des champignons, il y avait de la rage à marcher, à m'éloigner délibérément et comme par défi de la Reculaz. Je souhaitais qu'on me vît, qu'elle

me vît, que tout le monde me vît marcher décidément par le village, puis vers la frontière suisse, avant de gagner les flancs raides du Linga.
Presque à hauteur de la Reculaz, mais à quelque trois kilomètres à vol d'oiseau, je me retournai dans la direction des crêtes et des chalets invisibles qui seuls m'attiraient. Ayant plus couru que marché jusqu'ici, contre je ne sais qui ou quoi, je me mis à pleurer d'impuissance et de fatigue. Bon sang, je me sentais pourtant diablement fort et beau. J'aurais défié quiconque sur toutes ces pierres, sur toutes ces pentes visibles alentour. Je m'y serais tué, certain que personne ne pouvait me disputer leur sauvage connivence, quels que soient le temps et la saison !
Et à quoi bon cette colère puisqu'elle ne pouvait pas me voir, puisqu'elle s'en moquait... mais je me remis en marche pourtant, comme si elle assistait au moindre de mes pas. Je me persuadai qu'elle épiait quelque part le moindre signe, le moindre geste de mes escalades vives.
Presque heureux de m'imaginer sous son regard, je soignais mes prises, je bondissais ivre d'air d'une roche à l'autre, je m'aimais inconscient grimpant et dévalant cette arête étroite ; les pierres roulaient à grand fracas mille mètres plus bas dans le lit de la Dranse torrentueuse dès que j'y avais pris appui, bien moins d'une seconde, avant qu'elles ne basculent.
Je reprenais souffle en équilibre au milieu d'un col, je

replaçais ma mèche de cheveux derrière mon oreille et tout cela bien sûr elle le voyait et tout cela bien sûr, elle l'aimait, elle ne pouvait que l'aimer !
J'étais beau, je suis beau avec la montagne, n'est-ce pas Tue-Mouche ? Je suis beau quand je crache sur l'arrivée du remonte-pente pour les skieurs d'hiver, celui dont la construction a détruit des kilomètres carrés de flore et de faune rares qu'ils disent protégées. Je suis beau, n'est-ce pas Tue-Mouche, quand je regarde cette touffe de myosotis nains et ras ? Je suis beau du haut de ce roc friable qu'on dit extrêmement dangereux… elle est belle, Tue-Mouche, mon émotion silencieuse devant ce soleil qui rougit derrière les neiges, trois ou quatre vallées plus loin !

C'est avec le soir que je ne suis plus parvenu à être sûr de ton regard ; dans chacun de mes pas, il s'est immiscé un doute à me rompre les os. J'ai préféré que tu n'assistes pas à cette glissade peu glorieuse que j'ai terminée, Dieu sait comment, les mains agrippées à des racines de rhododendrons…
Et tu as cessé d'emblée de me regarder, je suis redescendu blessé, éreinté, je ne voulais plus que tu me voies.
Dans la nuit ; je suis rentré dans la nuit. Il n'y avait pas, me semblait-il, de lueur dans les étoiles mais un goût de renoncement bien plus pâle et tiède que la paix.

9

Je ne pleurerai *pas !*

Pourquoi faire le tour de ces crêtes ?

Pourquoi à nouveau ce cirque plutôt que de rejoindre les copains, de renouer avec les courses en vélomoteur, avec les flippers du bistrot ?
Bien sûr, je sais que je ne supporterai pas le moindre sous-entendu, mais j'ai besoin d'être seul et j'ai surtout besoin de ce royaume immense cloué sous la chaleur d'été… et j'ai encore mille bonnes raisons pour décliner leurs invitations.
Louis a battu mon précédent record au flipper de chez Georges, ce qu'on m'a immédiatement fait savoir ; je passerai deux ou trois jours pour un "dégonflé", tant pis ! J'ai rêvé de boules, de bonus et d'amortis toute la nuit, tant pis ! Quand j'irai, ce n'est pas de cent mais de mille points que je reprendrai le record ; en attendant, je n'ai pas la tête à contrôler les rebonds de la bille, les bandes, la réaction du caoutchouc gauche qu'on a remplacé, les couloirs plus rapides qu'on a nettoyés ; d'abord… et d'abord, c'est là-haut !
J'ai absolument besoin, et même si c'est pour pleurer tout seul, de revoir les toits de la Reculaz. Bien sûr, il n'est pas question d'en approcher mais simplement de les surplomber. Je n'ai pas le cœur à chercher des champignons, mais simplement à grimper seul et de là-haut, imaginer qu'elle est là ! Je ne pleurerai pas !

Il n'est pas neuf heures et déjà le soleil cogne, en folie. Torse nu, ruisselant, j'ai atteint le col des Ombrieux, le mont Blanc visible comme tous les autres sommets se découpe au loin comme rarement et je retrouve là une ivresse heureuse. En haut de la pointe, je me suis réjoui des trois lys martagon superbes qui ne seront pas cueillis à moins d'escalade hardie. Sur le névé du Morclan exposé au nord, j'ai sucé mon orange, et je lui ai trouvé un goût magnifique. J'ai oublié tout, là-haut, de la bille d'acier, des 8 430 points inscrits par Louis, des seins de la Tue-Mouche, de la voix, des images, des toits noirs, des enfants fous, des yeux noirs, des yeux clairs, des orchestres, des parents, des lactaires, des tue-mouches.

Mon orange magnifique au goût de blues d'été, il n'y a que le sifflement du vieux, triomphant, pour en rendre compte.

Mais il n'y a ici ni vieux, ni gosses, que mon orange, vive comme le bleu, le jaune, le rouge des fleurs tellement plus rouges, plus bleues, plus jaunes en altitude.

Je me suis surpris à prendre des cristaux solides de neige dans les mains, à les pétrir, à les appliquer sur mon torse chaud, à mettre mes mains glacées sur mon front, à aimer tout mon corps contre mes mains froides.

J'ai glissé comme un enfant sur le névé, le goût d'orange et de soleil dans la bouche ; j'ai conjuré des sorts, des loteries de flippers, des mouvements d'épaules, de hanches, de lèvres…

J'ai été heureux à hurler sans risque de "tilt" et je me suis mis à courir comme un fou, saoul et gagnant sur tous les cols, les échos et les bouches. Je me suis mis à courir et j'ai dégringolé la pente le plus vite possible, en nage.

C'était sur le "dos de l'éléphant", dans les bruyères qui m'arrivaient au mollet, j'ai buté, j'ai failli tomber, rétablissant l'équilibre à la dernière seconde. J'ai entendu d'abord les mille piaillements des petits, puis j'ai vu la perdrix des neiges affolée tenter de retrouver ses enfants. Mon coup de pied dans le nid à ras de terre avait dispersé la nichée. Soudainement réveillé comme par une douche de glacier, je vois la mère désemparée, avec des battements d'ailes désordonnés, tenter de retrouver parmi les touffes, les oisillons éparpillés. Les six ou dix petits voletant, basculant en contrebas, c'est la montagne elle-même qui chavire. Dans ma tête, brusquement devenue froide, c'est un vertige de colère contre moi-même qui me cogne aux tempes.

Deux minutes durant, je vois la mère se porter de tous côtés sur la pente, au hasard des piaillements qui s'évanouissent, incapable, impuissante à réparer, même en partie, le drame que j'ai involontairement noué.

Je me déteste ; je ne me pardonne pas cette image atroce. Il n'y a plus désormais ni rien à voir ni rien à entendre de piaillements ou de battements d'ailes ; la mère a disparu elle aussi, détruite, anéantie, comme mes jambes qui flageolent.

Je marche comme sur des œufs en redescendant des Ombrieux avec l'envie de vomir.
C'est dans ce silence que la marmotte sentinelle s'est mise à siffler.

10

Embrasse-*moi...*

*Curieux, ce sifflement
répété de la marmotte
sur les pierriers
en contrebas, sur les
pierriers encore cachés.*

Je suis certain de n'avoir pas fait de bruit, en marchant comme au ralenti, encore assommé, désemparé par l'image de la perdrix des neiges. L'absence de brise en cette fin d'après-midi n'a pas pu permettre à la sentinelle de me découvrir sans me voir.
La marmotte siffle deux longs cris, puis deux autres. J'imagine un renard roux flairant les anfractuosités des roches, glissant d'un terrier à l'autre. Dans cinq secondes, je saurai. À l'instant où j'atteindrai cette courbe du chemin, je découvrirai l'intrus.
Au renard a succédé l'image d'un touriste armé d'un attirail photographique, un touriste ou mille autres causes qui m'irritent à l'avance. J'avais pourtant pris la précaution du silence et je savais surprendre pour mon plaisir toutes ces fourrures un peu gauches qui mettraient bien une bonne minute avant de glisser dans un trou où je les entendrai guetter, gratter, ronger en attendant mon départ.
Je n'ai pas atteint la courbe et déjà toutes les images s'effacent, s'évanouissent. Désir, ou prémonition, je ne sais pas trop pourquoi, mais je suis envahi par une certitude : il n'y a ni renard ni touriste sur le pierrier ; sur le pierrier il y a la Tue-Mouche !

La Tue-Mouche marche sur les rocs blancs ; le soleil qui va disparaître derrière la crête est une auréole dans son dos. Elle danse plus qu'elle n'avance, rouge, dans ma direction. L'espadrille saute, bondit d'une roche à l'autre. Mon propre corps semble peser des tonnes de rochers pâles. J'avance d'un pas lourd de montagnard, d'un pas que je ne contrôle plus, il me semble aussi rester sur place.

Bien sûr, elle m'a vu depuis longtemps. Elle vient, elle vole, plus que je ne bouge.

Il ne faudrait rien dire, je voudrais qu'au moins il n'y ait pas de mots.

– Salut !

– Salut.

Elle s'est arrêtée à moins de deux pas… évidemment il allait se passer quelque chose pour nous, pour moi qui suis d'ardoise, de schiste et d'anémone, bien sûr…

– Les vaches sont encore là-haut ?

– …

Idiot, mais il n'y a rien à dire, ce n'est pas plus à moi qui vacille, à elle qui danse, pas plus au levant, au couchant, au noir, au feu…

Il y a et il n'y a pas d'autres nécessités que le silence. Je peux rester dans cette poignée d'éternité sans rien dire comme une touffe de joubarbe sur un pierrier. Je puis attendre des années sans les pétales du premier mot, je peux rester là, à la regarder, à l'aimer de ne rien cesser, de ne rien toucher jusqu'à l'hiver ! Il ne faut pas dire la beauté, il ne faut pas dire au risque de briser ce qui va, ce qui peut être. Il ne fallait pas qu'elle réponde, même pas oui, même pas non…

– Les vaches sont encore là-haut ?… là-haut…

Encore ces mêmes jambes de flanelle, cette même angoisse, cette même extase de peur, de désir, la paix battante du thorax...

Il n'y a pas à comprendre... Je me suis détendu par réflexe... J'ai plongé dans les chevilles de la Tue-Mouche... J'ai basculé avec elle, contre elle, derrière cette énorme roche à la même seconde que le "bang" formidable... La pierre m'a cogné contre la tête... j'ai entendu comme un blues qui bourdonnait... un sifflement long, aigu... paupières closes... la langue du névé... la langue et les tonnes de neige, les tonnes de rocs...
Ça dure quoi l'éternité des pierres qui explosent et qui jaillissent en sifflant au-dessus du crâne... qui sifflent... qui retombent... ?
Je n'ai presque rien vu que ces pierres à assommer un bœuf qui rebondissent vers la vallée, la neige glacée déjà éclatée, disloquée et couchée... le névé cassé net... la tête en arrière... la fêlure bleue... les derniers rocs qui roulent et leur écho au fond du cirque quand je reprends conscience.

Les yeux de la Tue-Mouche ont tout compris quand je rouvre les miens. Ils ne parlent déjà plus de peur. Ils n'ont pas à remercier mais ils sourient. Ils sont au calme, noirs et lumineux comme un glacier la nuit ; ils parlent, ils parlent sans que je craigne d'y rester...

Lui prendre la main, c'était ce signe de vivant et je ne m'en suis pas aperçu.
Il y eut encore du temps très pur à ne pas bouger, à ne pas remuer, comme si le moindre geste avait pu redéclencher la colère des pierres.
Il y eut encore du temps…
On a dû se demander :
– T'as pas mal ?
– Ça va et toi ?
– Oui.
Et ce fut tout.

Elle s'est encore rapprochée, c'était grave quand elle a dit :
– Embrasse-moi…
Ses lèvres, sa langue et le vertige qui recommençait, les cailloux, la neige, le soleil rouge ; autrement, la montagne qui basculait, m'explosait !

11

Le cœur *en paix*

Toute la nuit la joie
de me rappeler...
tantôt riant seul,
tantôt n'osant croire,
doutant de la réalité
si vive...

On s'était quittés sans un mot et je ne me souvenais plus de l'heure de marche qui m'avait conduit comme un automate jusqu'à mon chalet.
Je n'avais pas davantage parlé aux parents par crainte de me réveiller d'un rêve, je n'avais pas répondu à leurs deux ou trois remarques répétées qui "me trouvaient drôle"...
Je reste sur ses lèvres, dans ses bras comme un enfant malade qui a trouvé la position dans laquelle la douleur a cessé et qui craint de la retrouver en soulevant une paupière, en remuant un pied. Je craignais aussi de perdre son visage que je recomposais, que je retrouvais pourtant à volonté dès qu'immobile je l'appelais, je le désirais encore, pour être certain.

Le visage de la petite fille de huit ans punie pour m'avoir parlé en classe, ce visage clos et fier de sa colère rentrée et celui grave, intense, à quelques centimètres du mien, quand nos lèvres s'étaient quittées, quand il y eut cet instant d'étonnement, de bonheur apaisé et d'évidence, se mêlaient, se répondaient.
L'un, l'autre visage magiquement se renvoient, s'alternent ; c'est une brillance du noir de sa pupille, semblable par-delà ces années de lisière.
La solitude de la Tue-Mouche, la sauvagerie, l'orgueil de ses refus d'écolière, sa révolte silencieuse et fascinante, sa manière de dire non intensément aux brimades, aux injustices du maître dérisoire, exactement comme le

oui grave de son regard tout à l'heure. C'est cette même certitude noire et de feu qui, quelque part, m'a bouleversé en elle ; cette même certitude de moi étranger à l'acquiescement, à la soumission, amoureux du risque de la beauté, à tous les prix du danger.
Entre la Tue-Mouche que j'aimais enfant et la Tue-Mouche adolescente, nos désirs sont nés, nos désirs d'homme et de femme qui se rapprochaient, avec la part d'inquiétude, presque d'angoisse, due à l'ignorance.

Comme il m'est simple cette nuit, et comme il m'est gigantesque, d'imaginer demain !
Nous ne nous sommes rien dit, rien promis, et je ne doute pas que la marmotte sentinelle sifflera comme aujourd'hui avant que je ne foule les pierres blanches des terriers.
Il n'a pas été question d'heure parce que les marmottes seules sont dans la confidence, parce que le soleil ne se trompe jamais, parce que je l'aime.
Il m'est extraordinaire, ce désir de caresser la fourrure de ces herbivores maladroites, j'ai presque envie de les remercier ! C'est vrai que j'ai envie de remercier la terre entière, les crêtes et les oiseaux, les fleurs et la neige, le soleil et la nuit.

Qu'elles me pardonnent les fleurs, les onze fleurs – la douzième hors de saison, le somptueux sabot de Vénus, la mystérieuse orchidée des sous-bois

d'Abondance échappera à ma cueillette, mais je me suis juré que demain, j'offrirai à la Tue-Mouche, sur le terrier des marmottes, les onze fleurs les plus rares de Savoie et même de France.
Je lui apporterai un bouquet de onze fleurs sauvages protégées, celles dont la cueillette est interdite par un décret récent. Rares, je sais trouver chacune en une journée de marche. Je n'en cueillerai qu'une seule de chaque espèce, prenant soin de ne pas arracher l'oignon du lys martagon, d'épargner sous mes pas la nigritelle, de préserver les voisins du plus beau lys orangé, celui que je cueillerai et qui se trouve trente mètres en contrebas, à la verticale des dents pointues de Frise.

Quand je m'endors dans cette nuit d'homme, la montagne m'aime ; cinq fois, cent fois j'ai imaginé, puis j'ai osé être certain que la Tue-Mouche pensait aussi à moi dans le chalet noir, à la serrure de la casse que je franchirai tout à l'heure.

12

Le plus beau *bouquet des Alpes*

Le soleil rouge n'a pas encore franchi la cime arrondie du Morclan.

Le village est encore dans l'ombre, endormi, et déjà j'ai rejoint le disque carmin, irréel. C'est un soleil glacial sur les crêtes, un soleil qui ne chauffe pas mes mains engourdies dans lesquelles je souffle. La droite tient serrés le myosotis nain et l'edelweiss. La gentiane asclépiade, le chardon bleu et le lys martagon, ce sera pour avant midi sur les coulées de pierres que j'arpenterai bruyamment pour faire fuir la vipère avant de la rencontrer. Il serait bien le diable de ne pas trouver un haut pavot dans les mêmes lieux ; sur les onze fleurs de mon bouquet, j'en tiendrai six dès ce midi.

À mesure que le soleil s'élève, la chaleur gagne. J'ai déboutonné ma chemise que j'ai nouée autour de ma taille. Plus palpitant encore qu'en toute autre cueillette même miraculeuse de champignons, je franchis des kilomètres de ligne de crêtes afin de gagner les rares endroits où je sais trouver l'asclépiade et le chardon bleu ; et je ris.
Je ris tout seul d'imaginer tout à l'heure l'émotion de la Tue-Mouche. Je ris au fond de moi qui cours de savoir notre connivence du royaume. Elle seule saura reconnaître ce que représente d'audace et de vertige ce bouquet de toutes tailles et de toutes couleurs. Elle seule saura y lire l'amour sans parler. Et je ris de ce qu'il me coûte de gagner un pari où je me suis seul engagé. Je cours, je grimpe sans répit, de rendez-vous

en rendez-vous, avec chacune de ces fleurs périlleuses. Chaque fleur cueillie… et c'est une confirmation ivre de notre rencontre, de notre amour inévitable. Ce sera ainsi !

J'ai trouvé l'orchis, la nigritelle à l'odeur de vanille et de chocolat dans le grand pâturage maigre du “dos de l'éléphant”. La chance était avec moi ; celle que j'ai cueillie est rouge carminé ; beaucoup plus rare encore que la noire, abondante dès 1 200 mètres ; son épi coloré se dresse plus franchement, mieux formé, plus cylindrique. Au contraire de la nigritelle sombre, la base du labelle ovale de la mienne se replie en forme de cornet. À défaut du sabot de Vénus, je jubile de la présence d'une autre orchidée exceptionnelle dans ma main.

Désormais, seul le lys orangé, en contrebas des crêtes de Frise, me posera problème. J'ai prévu le détour, et je descendrai de roche en roche prudemment jusqu'à lui, même si je dois y passer deux bonnes heures.

L'oreille d'ours près du névé, la gentiane rare au cœur bleu évasé semé d'or, je les cueillerai juste avant d'arriver aux marmottes, leur grand nombre en ces lieux ne me pose pas de problème.

Et puis, voici trois ou quatre jours, j'ai rencontré la joubarbe des toits peu avant les Ombrieux, pointant, hors de son cœur d'artichaut de plante grasse, une saison sur trois !

Midi passé, je gagne donc les rochers de Frise ; les schistes délités qui glissent et rebondissent cent ou deux cents mètres plus bas sont extrêmement dangereux. Je n'ai nulle certitude dans ces feuilles de pierre qui cèdent sous mon poids une fois sur deux, et je m'assure de trois bonnes prises avant d'aventurer un pied ou une main vingt à trente centimètres plus bas.

Le lys, deux bons mètres encore sous mes pieds, hurle sa couleur vive, sa couleur d'altitude contre la roche sombre… la joue de la Tue-Mouche dans le soleil d'hiver… le plus difficile est de maîtriser, de calmer ma précipitation…

Mais j'ai maintenant le lys dans ma paume, je l'ai cassé un peu haut, ma main descendant le plus bas possible tandis que je m'efforçais de l'autre de garder l'équilibre limite.

Je remonte maintenant, mi-satisfait mi-déçu de n'avoir que quelque dix centimètres de tige, n'importe… Un autre contretemps plus grave m'attend… impossible de trouver l'edelweiss. Je l'avais posé là, dans l'anfractuosité de la roche, avec les autres… ou je l'ai perdu bien avant en courant ? Je ne sais. C'était pourtant lui, qui entre toutes ces fleurs, portait témoignage de ma course longue et il m'est impossible de retourner maintenant au mont Chauffé !

Présage, certitude magique, j'imagine et je suis convaincu que je ne verrai pas la Tue-Mouche tout à l'heure si l'edelweiss ne fait pas partie de mon bouquet.

Désemparé, j'ai un instant le désir de tout jeter, de renoncer. À nouveau tous les doutes m'assaillent ; jusqu'à notre baiser d'hier que j'éprouve comme une anecdote sans lendemain, sans tout à l'heure. Non, je n'irai pas, je n'oserai pas aller sur le terrier si…
Qui m'a dit que sur les flancs sud du Morclan poussaient quelques rares touffes d'edelweiss ? On m'a dit, et je ne m'y suis jamais aventuré tant le détour sur la roche pelée, aride et dangereuse ne me semblait pas imaginable ou plutôt ne m'attirait pas.
C'est un peu saoul de dépit que je m'y dirige pour la première fois, désenchanté et sans espérance.

Il n'y a là qu'une succession de surplombs, une roche nue et brûlante. Mais il faut croire en la chance, je n'ai même pas encore envisagé la désescalade que j'aperçois en contrebas trois touffes miraculeuses d'edelweiss. Les fleurs à la verticale sont cependant inaccessibles. Sans corde, sans pitons, inutile de songer à les atteindre, on s'y casserait les os !
L'idée de corde sans doute, ou je ne sais quoi…, j'ai tiré de ma poche un morceau de ficelle, j'ai dénoué ma ceinture, j'ai attaché la boucle de celle-ci à une extrémité de la corde. À l'autre extrémité de la corde, j'ai réalisé un nœud coulant. Buste dans le vide, à la limite de la chute, me voilà littéralement tenté de pêcher la fleur.
Vingt fois la corde tombera à côté, dix fois le nœud

ne coulissera pas, mais la centième fois enfin touffe et racines viennent. Les voici qui remontent, qui ne glissent pas, voici que je les tiens !
Quand je dévalais triomphant vers le terrier, la joie criait en moi. Il commençait à faire tard, les onze fleurs dans ma main.

Quand j'ai approché le terrier à la courbe du chemin, la sentinelle des marmottes ne sifflait pas, rien que le silence et ce doute, soudain et formidable.

13

Je *t'aime*

Hier le sifflement de la marmotte, aujourd'hui le silence ; hier presque ma colère, aujourd'hui presque déjà l'angoisse, dans ces mêmes mètres précédant le virage, avant la seconde où l'on découvre les pierriers.

Le temps arrêté pour un instant, c'est ce corps d'ouate, ces chevilles peu sûres, mes genoux qui doutent des pierres et de mon propre poids.
C'est le silence qui est devenu incompréhensible ! Toute ma marche de la journée soudainement dans mes muscles, c'est ce même automate à bout de course et de ressort et qui va s'arrêter, onze fleurs dans une main molle.
La Tue-Mouche au sommet d'un roc habite le terrier tout entier.
Une poignée d'éternité avant moi, elle a entendu mon pas, envahie par la certitude de ma venue ; depuis une ou deux minutes peut-être, le visage tourné vers le bruit des pierres qui roulent dans le chemin, elle a su. Pour la première fois, je la vois rire.
Les fleurs sont dans sa main, il n'y a pas eu d'arrêt mais une continuité, il n'y a pas eu de mots mais le même silence, presque, il n'y a pas eu un seul regard sur le bouquet – nos yeux ne se sont pas quittés – mais sa formidable joie, élargie, démesurée comme la combe entière, et la mienne.
Je ne puis quitter sa bouche.
Quand je rouvre les yeux, elles sont là chaudes et qui respirent fort, la Tue-Mouche et la nuit.
Mes mains ne cessent pas de la regarder, de la reconnaître, sur sa robe. Ce sont ses hanches, ses reins, ses seins et ses épaules à demi nues dans le tiède et les derniers rouges du soleil qui disparaît derrière le col

de Grange.
J'avais dit « Excuse-moi d'être tard » et elle avait ri.
Elle avait dit « Je savais » et j'avais ri.
– T'étais sûre que je viendrais ?
– Même du bouquet.
– Ce n'est pas trop idiot ?
– Si, de le dire !
La Tue-Mouche, comme je t'aime de toutes mes blessures d'adolescent, comme je t'aime de notre combe, de notre royaume qui n'est plus exclusivement le mien, comme je t'aime de tout comprendre, de tout deviner sans un mot.
Pour la première fois j'ai dit « Je t'aime » et cela ne faisait pas étrange dans ton cou, c'était comme de dire « oui » très simplement.
Pour la première fois peut-être, tu as répondu « Je t'aime » et mon prénom dans ta bouche m'a confié la vivacité des crêtes et la tendresse des vallées tout à la fois.

Je n'avais absolument plus peur quand il s'est mis à siffler mais tu as tremblé dans mes mains. Il faisait presque nuit quand on a entendu le vieux et je n'ai plus compris grand-chose.
On est dans l'ombre noire de cet énorme rocher pâle, on est allongé parce que tu me l'as chuchoté, commandé...
Tes mains, tes deux mains me serrent, m'étreignent très fort, je t'entends respirer et ton cœur qui bat.

– Pars, pars vite…
Tu murmures et c'est comme si tu me hurlais dans l'oreille, impérativement, tandis que le vieux siffle et rôde.
– Pars, pars vite…
– Mais pourquoi bon Dieu, laisse-le passer !
– Pars, je t'en supplie.
– Écoute, je le connais, on se…
– Je sais, pars, il peut faire n'importe quoi ; il me tuerait…
– … ?
– C'est mon père !
– …
Le vieux tourne exactement comme dans les nuages lors des cueillettes des champignons, le sifflement tantôt dessus, tantôt dessous, tantôt à droite et bientôt à gauche, il s'interrompt soudainement, puis reprend dans la nuit, là où l'on ne l'imaginait pas.
Sans comprendre, sans question, j'ai quitté Tue-Mouche figée au pied du rocher, presque complètement ensevelie sous lui.
Elle a murmuré :
– T'en fais pas… À demain !

Et j'ai commencé à ramper entre les pierres, j'ai entendu le vieux très au-dessus puis j'ai couru, couru sans penser, à travers la nuit.

14

Quelle *peur !*

Il est cinq ou six heures de l'après-midi quand je monte vers la Reculaz, vers le pierrier des marmottes.

L'heure est inhabituelle pour moi, le soleil déjà rasant, les pentes éclairées ne sont plus celles du matin ; c'est comme un paysage inversé, en négatif, les pans de montagne que je connais dans l'ombre, curieusement surgissant, mis en relief par cette lumière orangée et chaude.
J'ai passé, j'ai tué le temps en essayant de ne pas trop penser, de ne pas trop attendre. Après ces cinq ou six jours de sécheresse, une course aux champignons n'aurait rien donné. J'ai longuement paressé au lit en rêvant à elle, à hier soir. Dire les mille images qui me traversaient l'esprit serait impossible, mais s'imposait celle du vieux et l'inquiétude, presque l'angoisse, me gagnait puis celle du visage rieur de la Tue-Mouche à la seconde du bouquet. J'en étais transfiguré, irradié de joie et d'émotion.
J'étais descendu au village l'après-midi. La lecture du journal, les quelques flippers auxquels j'avais joué sans conviction ne m'avaient pas beaucoup distrait de mes rêves, de mes prémonitions inquiétantes ou de ma certitude d'être aimé.
Les lignes des colonnes dansaient sous mes yeux et je n'avais rien retenu à la fin des paragraphes que je parcourais des yeux sans les lire.
La boule rebondissait, empruntait les couloirs, cognait les cibles et je la renvoyais comme machinalement sans prêter attention aux points qui s'inscrivaient sur le tableau avec des tintements, des sonneries, des mini-

gongs électriques tellement habituels à mon oreille. J'étais ailleurs sur le pierrier, les heures interminables, celle où je me décidai enfin à partir ne voulant jamais venir, comme reculant.

Je grimpe enfin maintenant sans trop me presser, désireux même de ralentir le pas sur ce long chemin large de cailloux blancs. Entièrement tendu vers la Tue-Mouche, je marche en regardant sans voir les foins déjà fanés, ceux encore sur pied.
Arrivé presque à la hauteur du vieux chalet à demi écroulé, quelque chose fait soudain irruption dans ma demi-conscience, quelque chose qui me réveille tout d'un coup, mon corps immédiatement aux aguets.

Pas un bruit, mais cette étincelle de lumière dans les yeux ; un reflet de soleil dans un miroir, quelque chose de brillant comme la règle métallique avec laquelle on jouait dans les yeux de l'instituteur.
Sur le balcon du vieux chalet inhabité, il y a le vieux dans la pénombre. La rambarde à moitié détruite, il est appuyé sur un morceau du balcon encore debout. Il joue avec son fusil de chasse. Le double canon perpendiculaire à la crosse… et c'est soudain le claquement sec de la culasse refermée, puis le chien qu'on arme !
J'avance inévitablement sur le large chemin, le chalet en ruine à ma gauche, légèrement en contrebas.
D'un seul coup ruisselant dans mes habits, il n'y a ni

fossé, ni arbre…, je dois franchir les quelques mètres du chemin à découvert presque du même pas lourd avant de dépasser le chalet, l'angle de tir du balcon, en attendant à chaque instant celui de la détonation, de mon sang.

Dans ces cinq pas, ces trois secondes, je suis un lapin dans les phares d'une automobile, sans autre réflexe que celui d'avancer, mais est-ce que j'avance ? J'attends le choc, le bang formidable qui précédera à peine le temps de prendre la Tue-Mouche dans mes bras, de hurler ma révolte, de revoir les colonies de bolets, l'épicière qui les marchande, les dix perdreaux des neiges qui piaillent de détresse, ma mère qui glisse un fruit rouge dans mon cartable noir, les yeux, les lèvres d'Elle, le goût, le goût de sang dans ma bouche…
Et rien ne vient.
Dans mon dos glacé et brûlant, j'imagine encore sur dix mètres le canon pointé ; j'imagine le vieux me visant, ayant traversé le chalet du balcon à la porte de la grange.
J'ai atteint les planches jetées sur le lit du torrent du même pas régulier et lent, pliant fort les genoux.
Quand je m'autorise enfin à me retourner, me sachant presque sauvé, presque hors d'atteinte, il n'y a personne à la porte de la grange.
À demi caché par les arbres qui bordent le torrent, à moins de cinquante mètres un peu au-dessus du vieux chalet, incapable de faire un seul pas de plus, je me

suis laissé glisser sur une pierre, en nage, j'ai éclaté en sanglots.
Personne ne peut me voir ni m'entendre, il m'est bon de pleurer et de pleurer, en éprouvant toute ma faiblesse, en m'abandonnant enfin à ma fragilité.
Je serais resté là longtemps ; le rire changeant du torrent, mince à cette époque, m'accompagnait, s'il ne s'était glissé de l'horreur dans le cours d'eau vive.
Me revenait comme un coup de poing le « il me tuerait » qu'elle m'avait chuchoté hier soir ! Il fallait au plus vite que je sache…

La toilette du fusil, la mise en scène macabre, si ce m'était un clin d'œil fou, si hier soir il l'avait tirée comme une marmotte ! L'affolement de la Tue-Mouche, ses intonations, tout refluait en moi avec angoisse.
Je suis arrivé à bout de souffle, plus mort que vif, sur les terriers des marmottes où la Tue-Mouche m'attendait !

15

Une si dure *enfance*

Elle n'a pas interrogé mes larmes. Je ne savais plus si je pleurais de joie ou d'angoisse.

On s'est assis, ou elle m'a fait asseoir. Il y avait entre deux roches une gentiane printanière, la plus bleue, la plus modeste et la plus vive à la fois et sans savoir pourquoi, je me suis remis à pleurer sans retenue en la voyant.
Elle me tenait la main sans un mot, elle la tenait fort à me broyer les doigts et je haletais dans le rire et les larmes bientôt taries.
– Qu'est-ce qu'il m'a fichu la trouille !
et je lui racontai.
Elle m'avait écouté, silencieuse, et je la sentais tellement proche, tellement avec moi, avant qu'elle ne poursuive elle-même :
– Je sais, tu sais. J'ai toujours la même peur de lui. Ça fait quatre étés que je suis partie avec les frères et ça fait quatre ans qu'il nous rôde autour. Je sais même pas où il habite, peut-être dans le vieux chalet où tu l'as vu… Chaque année, ça recommence, où que j'aille… un jour il retrouve notre trace, le chalet où je me suis louée pour la saison, et il va, il vient en sifflant tout autour. J'ai l'habitude, si tu veux, mais je ne sais pas où il en est, lui. Je sais que l'été il cherche les champignons ; il les échange contre des bouteilles de vin… sinon, je sais pas comment il vit.
Dans le soir qui tombait, assis et enlacés dans les terriers, j'appris l'histoire de la Tue-Mouche, celle de son père, de ce vieux qui ne l'était pas, âgé d'à peine plus de quarante ans.

Voici une quinzaine d'années, son père avait rencontré sa mère, il l'avait prise en la forçant un peu un soir de bal. Enceinte, la mère de la Tue-Mouche, et surtout toute sa famille avec elle, avait fait pression sur le jeune homme pour obtenir le mariage. Marié contre son gré, le futur père qui devait hériter d'un troupeau n'avait pas rompu avec ses habitudes de garçon. Joueur et buvant beaucoup, il avait eu des relations avec bien des filles, jusque dans la vallée de Bioz et du Corbier. Il est vrai que le jour durant, il travaillait dur à la ferme de son père pour lequel il était le bon Dieu.

Six mois après le mariage, la Tue-Mouche était née.
– Je n'ai aucun souvenir du grand-père, vu qu'il est mort quand je n'avais pas deux ans, mais je crois que c'est du jour de sa mort que tout a commencé à mal tourner. Le père s'est senti seul maître chez lui et il travaillait de moins en moins. Presque toujours par monts et par vaux, il ne revenait que certains soirs et laissait à ma mère tout le travail des bêtes. Quand il était de retour, souvent ivre, c'était pour la battre, pour crier, pour la violer.
La petite fille témoin de bien des coups en recevait sa part sans ménagement.
– Un soir, j'avais six ans, le père est revenu plus saoul que d'habitude, maman était enceinte pour la seconde fois. Il y a eu une crise terrible, il cognait et cassait

tout, et puis il dit qu'on devait changer d'habitation, il venait de jouer et de perdre le troupeau.
Sans doute un moment réveillé par la gifle du sort, il y avait eu une accalmie. La mère venait d'accoucher de jumeaux. Le père, pour faire face, s'était loué plusieurs mois pour le foin et pour le soin des bêtes. Orgueilleux, il s'était mis en tête de regagner par le travail et par l'épargne ce qu'il avait perdu. La petite fille, dans ces années, avait même connu de lui, durant ces quelques mois, de rapides marques d'attention et de tendresse.
– C'était le temps où j'allais à l'école et tu sais, dit-elle en riant, j'avais un peu peur de tout le monde sauf de toi… je sais pas pourquoi… sans doute parce que tu te moquais pas.
J'avais souri à l'évocation de ce souvenir, de ce moment où elle était effectivement rentrée dans ma vie comme moi dans la sienne, et c'était délicieux de l'entendre dire ces deux années pendant lesquelles j'avais donc aussi compté pour elle.

On s'est longuement embrassés sous les premières étoiles avant qu'elle ne reprenne :
– Avec le peu d'argent que le père gagnait à cette époque, il s'était mis en tête de construire lui-même un chalet. Le vieux Viaraud, chez lequel il travaillait, lui avait cédé un terrain à bas prix le long de la pente de Say et il passait ses rares temps de loisir à creuser les fondations puis à monter les premiers murs. Chacun

travaillait dur dans la famille… ma mère qui allaitait et moi qui, en remontant de l'école, faisais un tiers de la traite jusqu'à la nuit…
À trois reprises, le père avait monté les premiers murs des soubassements, mais malchance ou manque de savoir-faire ? À peine hauts d'un ou deux mètres, les murs s'étaient écroulés aux premières pluies. La troisième fois, le père qui voulait rien entendre, se persuada que c'était le mauvais œil qui s'acharnait sur lui. Il devenait fou, il en voulait à la terre entière, il battait ma mère, "saoul perdu", furieux. Il accusait le vieux Viaraud de lui avoir jeté un sort et il devint aussi odieux avec le vieux qui nous permettait de vivre et nous hébergeait. Et puis il a recommencé à boire, il a renoncé à tout projet, on a essayé de faire face, avec maman ; et moi je n'allais plus à l'école, pour aider…

La Tue-Mouche interrompit soudain son récit. D'une pression de main elle me fit signe d'écouter : quelques centaines de mètres plus bas que les chalets de Reculaz, son père sifflait et montait…

16

La plus belle nuit *du monde*

Il n'y eut aucune peur
dans notre regard,
mais une résolution :
il ne nous trouvera
pas !...

Et nous étions farouchement deux contre lui, contre le destin.
Debout, et sans nous concerter, nous avons remonté le lit du torrent. Le noir presque complet, ma main dans celle de la Tue-Mouche ; son agilité à sauter de pierre en pierre dans la nuit était sidérante. Elle me devançait, douée d'un regard de chat, m'entraînait ; sa facilité à déjouer en courant l'obstacle, comme en plein jour, était si naturelle que je pris bientôt confiance en mes propres pas, me laissant d'abord presque tirer par elle, bientôt courant à son côté.
Un instant j'avais plongé un pied dans l'eau glacée et nous avions ri en reprenant notre souffle, déjà invulnérables. Je l'avais embrassée en équilibre sur un roc fouetté par l'eau qu'on entendait balbutier, menacer et sourire dans la nuit.
Mais on ne court plus pour échapper, on court pour le plaisir, on se jette sans parler des défis d'équilibre sans se quitter la main, tantôt elle, tantôt moi, tirant, tiré, en éclatant de rire sous les étoiles par milliers.

Presque au pied de la paroi rocheuse où se rassemblent, cascadants ou glissants, les dix filets d'eau qui dégringolent des névés, on s'est arrêtés, respirant bruyamment, heureux de cette autre connivence de la nuit, de la course et du danger.
Le chalet Corraz, les granges sur pilotis font des taches plus noires encore que la nuit.

Dans les bras l'un de l'autre, nos souffles s'apaisent, nos cœurs battant fort à réveiller le chien, le bon bâtard, le corniaud qui aboie dix bonnes minutes durant, quand je passe en plein jour.
Elle a chuchoté :
– Dans la grange, il ne viendra pas nous chercher…
Et j'ai pensé que bien sûr il ne s'agissait plus de lui, ni du chien ni de personne… j'ai simplement dit « oui ».

Elle a repris ma main et me guide.
Nous avons contourné le chalet, évitant les coulées de purin ; elle me conduit vers un des deux greniers à foin, ouverts à tous vents, sous lequel je marche courbé en deux. Nous grimpons l'un après l'autre, une traction de bras suffit à nous hisser elle et moi au niveau du plancher.
Sans rien voir, nous escaladons les foins coupés, la main touchant déjà les planches de sapin du toit.
Nous sommes allongés l'un contre l'autre, sur deux bons mètres de paille sèche ; nos respirations fortes dans le silence seulement troublé par le bruit des eaux si régulier, que bientôt nous ne l'entendrons plus.
Je serre la Tue-Mouche contre moi, nous nous embrassons interminablement.

Je ne savais pas plus qu'elle et je n'ai pensé à rien d'autre qu'à mon désir d'être en elle, elle en moi. J'ai bien cru que j'aurais peur, que je ne saurais pas et rien n'arrive d'autre que mon désir d'être nu contre sa peau nue. Je ne suis pas étonné de mes mains qui dénouent et font glisser sa robe, de ses seins qui pointent fermes contre ma poitrine. Je ne suis étonné de rien… et tellement ému par ses bras, ses épaules, ses hanches que je caresse.

Il n'y a là ni orgueil, ni peur, ni rien de la honte, des rires, des bruits, des moqueries, des obscénités, des paroles, des villes, des parents, des préventions, des reproches, des mystères.

Elle m'a déshabillé et ses mains ne craignent pas plus que les miennes la rencontre de nos corps. J'aime ma peau et je m'aime sous ses doigts.

Ce n'est ni le foin qui pique que je ne sens plus, ni la fraîcheur de la nuit, mais ses mains dans mes reins, sur mon ventre qui me font frissonner. Je suis rentré en elle avec une infinie douceur qu'elle guidait.

Il est midi et la plus belle nuit du monde. Pour elle aussi, c'est la première fois que tremble la nuit et que rit la vie.

Elle me parle d'une douleur délicieuse et je ne puis m'empêcher de chuchoter « je t'aime », dix fois, cent fois peut-être… et puis ce fut plus fort encore, jusqu'aux étoiles, nos deux cris nus de femme et d'homme.

Et qu'importe le bruit du monde ! Le vieux aurait pu surgir son fusil à la main que nous n'aurions pas remué ; le corniaud aurait pu hurler à la mort, japper ou mordre, que nous n'aurions pas remué ; la vie pourra me gifler, me bousculer de tous ses petits poings révoltants, ridicules, que je n'oublierai pas, jamais. Je n'esquisserai pas un geste de défense, je ne suis plus capable que d'aimer.

Encore, j'ai crié de joie en elle, elle en moi, et puis ce fut le petit jour.

Cinq, dix minutes peut-être, je me suis assoupi et j'ai eu envie de rire en m'éveillant dans ses deux grands yeux noirs brillants et profondément heureux.

Ce sont mes yeux qui la regardent, qui la découvrent, émerveillés pour la première fois de son corps nu ; l'aréole de ses seins, le triangle noir de son sexe, la courbe de ses hanches et le formidable désir de tout mon corps à nouveau en elle. Chaque seconde, sous mes yeux grands ouverts dans les siens qui hurlent que je l'aime et qu'elle entend en vaste silence avec la gravité et la puissance et la beauté de toutes les montagnes qui s'éveillent.

Plus tard, elle a trait la vieille chèvre à la Reculaz. J'aurais bu le lait chaud comme ses seins jusqu'à la fin du monde ; le goût pointu, presque sacré, sucré, l'odeur de terre et d'amour de vivre dans le bol blanc qu'elle m'a tendu.

17

Rendez-vous au *soleil couchant*

Tout le monde
est étonnant,
le monde a changé.

Je m'entends descendre sur les pierres, je m'entends dire aux parents que je retourne au refuge ce soir pour une longue course demain.
J'entends les heures s'égrener au clocher de l'église et je n'ai sûrement pas envie de m'éveiller.
Je suis monté dans notre propre grange, au-dessus du vaste chalet de bois que nous habitons et je n'ai que le désir d'y être seul, je ne puis penser qu'à elle.
J'ai choisi là plutôt qu'ailleurs pour le bruissement sec, la même odeur, les mêmes picotements de la paille sèche.
Les heures ne me paraîtront pas longues comme si la nuit n'avait pas cessé, peut-être ai-je dormi en plein midi, du moins rien n'est intervenu pour me distraire de ma joie, de mon émerveillement, de l'amour.
J'ai imaginé sa journée à elle, son travail matinal sans le repos de la nuit, ses frères, le travail du beurre, des tommes et des reblochons, les parcours des vaches, les barrières à lever, à fermer et la traite, longue, tandis que je montais vers notre rendez-vous qui n'avait pas besoin de se dire, de se prévoir !

Sur le terrier, elle est absente et j'en reste un moment dépité, imaginant déjà la traite plus longue ou je ne sais quel autre incident.
Je me suis assis sur les roches, au-dessus du réseau de galeries souterrain, et cinq ou six marmottes m'ont accueilli à distance, tour à tour broutant ou aux

aguets, avant de s'apercevoir vraiment de ma présence. Elles disparaîtront sans trop d'affolement parce qu'un bruit les a inquiétées. Elles sont restées quelques instants sur le qui-vive, dressées sur leurs pattes arrière, puis se sont glissées les unes après les autres dans les trous ; la sentinelle, hurlant deux fois, s'y engouffrant la dernière.
Un peu au-dessus du terrier et peu après la courbe du chemin, on siffle ; ce n'est pas le sifflement du vieux, peut-être les mêmes notes mais tellement plus vives, plus jeunes, presque joyeuses.

Je me suis remis debout sans bruit et marche sur les roches comme sur des œufs pour la surprendre au-dessus. Le nouveau paysage à découvert ne m'apprendra rien ; je scrute la lisière des sapins puis ces hauts buissons à taille d'homme qui poussent sur le marécage et je décide de remonter vers les premiers quand le sifflement reprend dans des arbustes feuillus.
J'ai couru de toutes mes forces en souriant, mais elle siffle déjà cent mètres plus haut.
Il n'y a plus jusqu'au col qu'une longue étendue de bruyères rases, elle ne peut être qu'à découvert. Oui, le sifflement maintenant ne bouge plus de place. Je cours plus que je ne marche, hors d'haleine jusqu'au col. Je le franchis soudainement aveuglé par l'énorme disque rouge qui va disparaître d'ici un instant derrière la barrière blanche des glaciers suisses.

Juste derrière le col, un peu en contrebas, elle me fait face et ouvre ses bras immenses à la seconde où je franchis le col ; le soleil découpe sa silhouette proche et noire ; ses lèvres, les miennes, me brûlent.

On s'est allongés dans l'herbe rase constellée de gentianes rares dont les corolles bleu sombre sont déjà fermées pour la nuit.
De respiration en respiration, on regarde le soleil disparaître derrière les cimes neigeuses ; je lui ai dit que c'était merveilleux.
– Tu m'aimes ?
– Oui.
– Tu m'aimes ?
– Oh oui !
Nous sommes redescendus à demi dans la nuit vers la grange à foin de Corraz, ici et là les mille grouillements, fouinements, grattements des bêtes dans les trous des roches, les "tchit" des hirondelles des rochers, les trilles du pluvier effrayé par notre approche, les "pitchi" alarmés des bartavelles dans les nids ras tandis que nous regagnons le nôtre sans un mot.
Le soleil rouge encore dans tous mes muscles, à nouveau elle est contre moi.
Dans la nuit, on s'est mis à chuchoter fort :
– Tu n'as pas dormi du tout ?
– Non, t'inquiète pas.
– Tu n'es pas fatiguée ?

– Non, je t'aime.
– Moi aussi je t'aime, Tue-Mouche…

Je t'aime comme ce soleil rouge… comme les marmottes… comme la gentiane printanière… comme le lait des chèvres… j'aime ta joue que je sens sourire quand je te dis que je t'aime, j'aime ton corps, ton ventre, j'aime toute la Tue-Mouche…
– Pourquoi on t'appelle la Tue-Mouche ?
– Tu voudrais m'appeler autrement ?
– Pourquoi non ?
– …
– Enfin peut-être, si tu veux ?
– …

18

Gentiane, *hermine ou furet*

Nous ne savions plus que nous étions deux.

La nuit noire, nous regardions les milliers d'étoiles par le rectangle moins sombre de la porte ouverte. Les dix cours d'eau répétaient leurs dix voix prévisibles, toujours recommencées.

Après un long moment de silence, la Tue-Mouche a chuchoté dans mon oreille :

– Si tu veux, appelle-moi chanterelle…

– Pourquoi pas ! et pourquoi pas clavaire, coprin, arnica, pourquoi pas gentiane… ou nigritelle… ou furet ?

La Tue-Mouche s'est mise à rire et son rire a le bruit de l'eau sur les pierres.

– Bon, tu veux pas me dire mais ça ne fait rien.

– Si, mais c'est pas important, c'est le père qui m'a appelée comme ça… c'est pas un bon souvenir, c'était au village et j'étais toute petite. Il paraît qu'il m'a giflée parce que j'avais mal dit, il m'a traitée de tous les noms possibles et tout le monde a éclaté de rire quand il m'a dit « Tue-Mouche ! » ; il était saoul… et tout le monde m'a appelée comme ça après… Toi, tu peux dire gentiane si tu veux, ou hermine,… ou furet. Et elle se mit à rire.

– Et les hermines, les furets, ils n'ont jamais d'enfants ?

Dans le noir, j'ai senti son regard grave posé sur moi, un instant surprise par ma question, puis elle a repris gaiement :

– Tu es gentil, tu sais… mais les furets ne peuvent quand même pas toujours avoir des enfants, t'inquiète pas, je te dirai, et tu ne monteras pas ces jours-là. Et sa voix était aussi franche que l'été !

Cette nuit-là, les nuits suivantes, j'appris peu de choses de plus de la Tue-Mouche, je l'appelais tour à tour “gentiane”, “furet” ou “chanterelle”, et nous nous aimions.
Un soir d'orage, elle m'a raconté la mort de sa mère, par une nuit semblable, accouchant sans aide de son troisième frère.
Elle m'a raconté, alors qu'elle n'avait pas douze ans, sa fuite avec ses frères, son père ivre mort chaque soir, les battant tous les quatre.
Elle m'a raconté la timidité des interventions de la famille maternelle, ses placements successifs en telle ou telle ferme chaque saison, son rôle de mère dès l'âge de douze ans, elle m'a raconté… et je restais muet devant son courage qui lui semblait naturel, devant sa fierté sauvage que j'admirais.

Jamais nous ne nous donnions rendez-vous, jamais non plus nous n'avions d'autres notions de l'heure que celle du ciel, même couvert, et jamais non plus nous n'étions étonnés de nous retrouver dans les lieux les plus divers, aux heures parfois les plus dissemblables.
Comme je lui en faisais un jour la remarque, elle me répondit qu'elle devinait tout de moi quand j'étais

loin d'elle, qu'elle me voyait même quand je n'étais pas là parce qu'elle m'aimait ; puis elle ajouta le plus sérieusement :
– Je suis un peu sorcière, tu sais… une sorcière d'amour !
J'avais souri.

Je garde de ces jours toutes les plus vastes images de la vie dans ma main ; de ces jours où je découvrais le monde comme pour la seconde fois. C'est de tous ces moments d'émotion, de joie et de beauté que me viennent aujourd'hui encore la force et le courage de lutter et de dire « non » à l'hypocrisie, au mensonge et à la laideur.
À ces jours de bonheur d'exister, il y aura une fin et une grande souffrance révoltée dans mon cœur d'adolescent ; mais jamais ne s'éloignera vraiment ce premier vrai amour de la Tue-Mouche et jamais je ne mentirai à cette pureté, à cette évidence que je retrouve quand je le désire à travers deux grands yeux noirs qui ne m'ont pas quitté.

J'aimerai encore, de toutes mes forces présentes, autrement, parce qu'il n'est pas d'autres raisons de vivre.

19

La dernière *nuit*

*Les jours de plus
en plus courts,
les nuits déjà très
froides, c'est souvent
dans le noir que
j'attends désormais
la Tue-Mouche.*

Sur les crêtes, les dernières fleurs de l'été viennent juste de faner, les derniers grands névés viennent à peine de disparaître ; et c'est déjà l'automne presque sans transition.

Nous ne sommes qu'à la fin du mois d'août et déjà la pluie glaciale tombe en neige à partir de seize cents mètres. Toutes les lignes de crêtes sont à nouveau blanches chaque matin, même les toits des chalets Corraz, des deux granges à foin.

Les derniers flocons blancs atteignent presque le passage de la Reculaz.

Je suis monté directement jusqu'au grenier à foin ; ma respiration forte dans le noir ponctuée d'une épaisse buée blanchâtre, mes bottes dérapant sur les roches à demi glacées.

La Tue-Mouche m'y rejoindra, la nuit déjà tombée tout à fait.

Nous nous recouvrons presque complètement de paille, nos corps brûlants se répondent interminablement.

J'imaginai le petit matin gris se décider d'ici quelques minutes dans le rectangle de la porte quand la Tue-Mouche me dit :

– Tu sais, on va se dire au revoir.

– Tu pars déjà ?

– Non, mais on se reverra plus cette année !

– … ?

– Tout à l'heure, on redescend les bêtes vers la vallée, il y a trois jours de marche pour éviter la neige et il

faut profiter des herbes plus bas.
Je n'ai pas pleuré mais c'est une coulée de glace dans ma poitrine.
Un oiseau noir, un chocard égaré, passe en criant, peu au-dessus du toit.
Le visage de la Tue-Mouche que je devine dans les premiers gris du matin est aussi décomposé que doit être le mien.
Je la serre de toutes mes forces et je l'embrasse à étouffer pour ne pas laisser couler une larme.
Il n'y a pas grand-chose à dire si ce n'est nos corps une dernière fois qui hurlent leur bouleversement, leur amour.
J'ignore ce qu'on a pu l'un l'autre bredouiller avant ; on s'est promis qu'on s'aimait pour toujours ; on s'est embrassés cinq fois, cent fois jusqu'au lever du soleil froid ; on a dû parler de l'été à venir, d'où elle serait peut-être… et puis, comme un idiot, hébété, au moment du départ, je lui ai dit, presque implorant :
– Écris-moi…

Et elle m'a répondu dans ce qu'elle voulait être un sourire :
– Je sais pas.

FIN

Table

Dans la même collection

Chicago *blues* de Corinne Albaut

« *Une jolie histoire au happy-end inattendu.* »
Ouest France

« *L'idée est bien trouvée. Cette attraction irrésistible pour l'inconnu, le grignotement du mal de ne pas savoir sont bien rendus.* » www.ricochet-jeunes.org

Ce qui compte dans *le premier baiser* de Thierry Lefèvre

« *Ce roman est un pur délice des sens, un retour en adolescence, ...* » www.sitartmag.com

« *Tout est savoureux dans ce petit roman à la langue vivante...* » www.ricochet-jeunes.org

Claire *obscure* de Françoise Grard

« *Françoise Grard, dans une langue fluide et élaborée, plonge au plus profond d'une relation étrange... qui est plus une "association" qu'une vraie amitié entre Alice et Claire.* » www.ricochet-jeunes.org

Sorbet *soleil* de Claire Mazard

« *Le langage est un langage de jeunes, crédible, et non artificiel. La langue du roman coule toute seule, et le livre se boit d'une traite. Comme un sorbet à l'abricot...* » www.ricochet-jeunes.org

Rouge *paprika* de Françoise Grard

Budapest, été 1968. Elisabeth et sa petite sœur Louise passent pour la dernière fois leurs vacances en Hongrie où leur père achève sa mission diplomatique. Au milieu de l'été, le soulèvement de Prague est réprimé par les Russes. Depuis Budapest, Elisabeth suit les terribles événements, partage des secrets avec Jozsef et Malika, le jardinier et la cuisinière, et quitte l'enfance pour découvrir les premières émotions de l'adolescence et les secrets des adultes.

Les silences *d'Honorine* d'Emmanuelle Petit

À soixante ans, Pierre mène une vie simple au cœur du golge du Morbihan.
À la mort d'Honorine, sa mère, il découvre un paquet de lettres qui lui étaient destinées, signées de Teresa. C'est une souffrance terrible qui s'abat sur Pierre tout à coup. Ces lettres d'Argentine qu'il avait tant attendues, et qui n'étaient jamais arrivées…
Toute une vie à reconsidérer devant un courrier soigneusement conservé.

New York *au cœur* de Jacques Delval

Sac au dos, Jacques est parti seul sur la route qui le conduira à Cordoue ou à Grenade, sur les pas des poètes dont il déclame les vers en marchant. Il rêve de rencontrer l'amour, qui deviendra réalité dans le palais de l'Alhambra ; pour une seule nuit ! Car Mary repart à New York où elle vit. Fou d'amour, Jacques abandonne ses rêves d'Espagne et s'envole pour la rejoindre…

Reproduit et achevé d'imprimer en septembre 2006
par Aubin Imprimeur à Poitiers,
pour le compte de Gulf Stream Éditeur,
31 quai des Antilles, 44200 Nantes

Dépôt légal - 1re édition : octobre 2006 - N° Impr. : P 70277